Disney

Soy Luna

L'édition originale de cet ouvrage a paru en langue castillane
chez Planeta Junior (Editorial Planeta Mexicana), sous le titre :
Soy Luna : El principio del verano – Conócela antes que nadie

Traduit de l'espagnol (castillan) par Yvelise Rabier

Hachette Livre, 58 rue Jean Bleuzen, 92170 Vanves.

Paco Jiménez

Disney Soy Luna

Traduit de l'espagnol (castillan)
par Yvelise Rabier

hachette
ROMANS

[redacted]

[redacted]

[redacted]

[redacted]

[redacted]

[redacted]

[redacted]

[redacted]

[redacted]

[redacted]

[redacted]

[redacted]

[redacted]

[redacted]

[redacted]

[redacted]

[redacted]

[redacted]

[redacted]

1

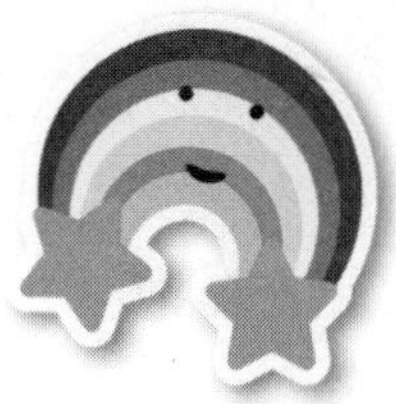

Ça y est, c'est l'été !

Je ferme les yeux. Je prends une profonde inspiration. Puis j'expire très lentement. J'écarte les bras et les mains jusqu'à sentir le vent entre mes doigts. J'entends le ressac de la mer. J'imagine le paysage grâce à ces sensations et je souris. D'un grand, très grand sourire. J'adore remplir mes poumons de cet air tiède. J'adore entendre le bruit des vagues. J'aime sentir le sable sous mes pieds. Je sens mon cœur sur le point d'exploser de tant de bonheur. Je sais que je ne pourrais pas trouver plus bel endroit au monde.

J'ouvre les bras encore plus grand, comme pour embrasser tout le vent. J'aime le sentir caresser mon visage. J'aime qu'il fasse virevolter mes cheveux. Je me sens comme dans un rêve. Un rêve qui n'appartient qu'à moi car je ne le partage avec personne. Je suis la seule à le connaître. Parfois, quand je rouvre les yeux, je me rends compte que quelqu'un me regarde bizarrement et je souris encore plus, car j'ai encore plus l'impression que c'est un moment qui n'appartient qu'à moi.

Allez, je vais patiner encore un peu ! Un tout petit peu, avant de rentrer à la maison. Je n'ai jamais conscience du temps que je passe à patiner. Mais, là, le soleil commence à se cacher lentement, alors je sais qu'il est temps de rentrer. Et c'est super de rentrer parce que maman et papa m'attendent. En plus, maman a sûrement cuisiné un de mes plats préférés. Hummm ! Ma mère cuisine super bien. Je suis sûre que c'est un des meilleurs chefs de Cancún ! Non, de tout le Mexique ! Non ! Du monde mondial ! C'est ça ! Maman est le meilleur chef du monde mondial !

Même si elle est très stricte parfois, elle est aussi super sympa et tendre. Elle s'inquiète toujours beaucoup pour moi et elle veut que je sois heureuse tout le temps. Je le sais parce qu'elle n'arrête pas de me le dire. Et en plus, pendant les vacances, elle me laisse toujours faire plein de trucs et elle sait parfaitement deviner tout ce que j'aime. Voilà... c'est ma maman à moi.

Elle et moi, on a une relation super cool. J'adore, parce qu'elle sait toujours quoi dire pour que je me sente bien. Elle m'écoute quand j'en ai besoin. Elle me dit plein de mots gentils pour que je me calme, et elle m'aide toujours.

Parfois, quand elle voit que ça ne va pas trop, elle vient dans ma chambre et on papote un moment. Elle ne comprend pas tout ce que je lui raconte, parfois. Je ne sais pas si c'est parce que je parle trop vite ou si c'est parce que c'est tellement embrouillé dans ma tête que je ne sais pas le dire comme il faut. C'est comme si des millions de papillons voletaient dans mon cerveau et que chacun était une pensée que j'aimerais exprimer. Je ne sais pas. Quelquefois, j'aimerais pouvoir parler plus vite, vite, vite, pour dire tout ce que j'ai dans la tête. Et parfois aussi, je voudrais bien qu'il suffise de prononcer à voix haute ce que je pense pour que ça devienne réalité.

Ah, mais je me disperse, je crois. Ça m'arrive tout le temps. J'étais en train de parler de maman. Où j'en étais ? Ah ! Oui ! Ça y est, je me souviens. Je disais que je ne sais pas si maman saisit bien tout ce que je lui raconte. Mais ce dont je suis sûre, c'est qu'elle me comprend. C'est compliqué à expliquer, mais c'est comme si on n'avait pas besoin de mots pour se parler. Comme si on était au-delà. Ça lui arrive de ne rien me répondre du tout : elle m'écoute, elle me fait un gros câlin qui me redonne confiance en moi et qui me rend bien. Et ça suffit. Je l'aime très fort ! Ah, j'oubliais ! Elle s'appelle Monica.

Lorsque je vais faire du roller au bord de la mer, je réfléchis à plein de trucs, mais surtout, je me dis souvent que j'aimerais patiner toute ma vie. Je crois qu'il n'y a rien que j'aime plus au monde que me déplacer sur des roulettes. Vraiment. Ça me donne une très grande sensation de... liberté et de bonheur. Pourvu que je trouve un moyen de patiner pour toujours ! Si ça ne tenait qu'à moi, je ferais tout en patins. Y compris dormir !

Même ma mère trouve que j'ai l'air bizarre quand je ne les porte pas. Si on avait le droit d'aller en rollers à l'école, ce serait super marrant ! J'aime bien m'imaginer ça, les autres feraient une de ces têtes ! Mais je suis sûre que tout le monde serait content. En plus, on arriverait beaucoup plus rapidement en classe !

Houla ! Mais quelle heure il est ? À force de penser à patiner tout en patinant, j'en ai oublié l'heure. Mais pas de problème ! J'adore la vitesse. Attention, attention, que tout le monde se pousse, c'est Luna Valente qui débarque ! Allez, c'est parti !

Je connais par cœur tous les chemins pour rentrer en rollers. Je connais toutes les lignes du sol, je sais à quel moment il y a une descente ou une pente difficile. Un autre truc que j'adore, c'est que tout le monde me connaît, parce que je passe toujours par les mêmes endroits. Alors les gens me saluent quand ils me voient et je les salue aussi. C'est super cool !

Ils attendent toujours avec un sourire que je passe devant eux, alors que je ne les croise que pendant une toute petite seconde ! Ils disent « bonjour » et « au revoir » en même temps, et ils ont encore la main en l'air quand je tourne au coin de la rue avec une pirouette. *Bip !* Je crois que j'ai reçu un message : voyons voir... C'est Simon !

2

Simon !

Dès que j'ai vu ce qui était écrit sur l'écran de mon portable, mon cœur a bondi d'émotion et un grand sourire est apparu sur mon visage. Le message disait :

> Je te parie
> un cornet de sorbet citron
> que tu es restée à regarder la mer
> et que c'est pour ça que tu n'es pas
> venue. Je te connais super bien,
> hein ? Mais t'inquiète pas,
> je t'attends. ☺

C'est vrai que Simon me connaît par cœur. Et moi aussi je le connais à fond. Simon est mon meilleur ami et je l'adore ! On se connaît depuis des années. C'est quelqu'un de très important pour moi. Je ne peux pas imaginer faire quoi que ce soit sans lui. Qu'est-ce que je ferais sans sa compagnie, son écoute et ses câlins, et surtout ses conseils ? Il est un peu plus âgé que moi, donc il sait parfaitement me comprendre et m'expliquer les choses pour que je les comprenne bien à mon tour.

J'étais presque arrivée. On s'était donné rendez-vous sur la jetée, c'est notre endroit préféré pour patiner et papoter. Il y a une piste interminable et une vue superbe. En plus, il y a beaucoup d'autres mordus de rollers qui viennent s'entraîner là. Enfin, il n'y a pas que des patineurs, il y en a aussi qui font du vélo ou de la trottinette, d'autres qui jouent au foot, enfin, il y a un peu de tout. Les gens viennent là pour s'amuser.

Ah ! Ça y est, je l'apercevais, il était là ! Il avait pris sa guitare, heureusement. Ouf, comme ça, il n'avait pas dû trop s'ennuyer en m'attendant.

– Simon ! Comment ça va ? lui ai-je demandé en roulant vers lui avant de le serrer dans mes bras.

– Attends ! Ne dis rien ! Je l'ai gagné mon cornet de sorbet citron, hein ? m'a-t-il lancé en me regardant droit dans les yeux et en m'adressant le petit sourire qu'il fait tout le temps lorsqu'il sait qu'il a raison.

– Bah oui ! Quand j'ai lu ton message, je me suis demandé si tu n'étais pas caché derrière moi ! Tu me connais vraiment bien, ai-je répondu en essayant de ne pas rougir, car je n'aime pas trop quand il me regarde comme ça.

– Je le savais ! Personne ne comprend aussi bien que moi comment fonctionne le cerveau de mon amie Luna, a-t-il répondu en riant.

Comme c'était les grandes vacances, on avait prévu de se voir pour mettre au point notre programme de l'été.

– Alors, tu as réfléchi à ce que tu voulais faire ? m'a-t-il immédiatement demandé.

Moi, je savais parfaitement ce que j'avais envie de faire, et j'étais sûre qu'il allait le deviner tout de suite. Donc, j'ai décidé de lui faire d'abord une petite blague :

– Oui, et toi ? Moi, je voudrais ne plus patiner de tout l'été. Pas de roulettes ni de vitesse, je fais une pause, ai-je répondu en essayant d'avoir l'air le plus convaincu possible.

Mais comment aurait-il pu me croire ne serait-ce qu'une seconde ? Dès que j'ai croisé son regard, je n'ai pas pu m'empêcher de sourire et il a tout de suite compris que c'était une blague.

— C'est quoi, ça !

Il dit tout le temps cette phrase. Puis, en faisant de nouveau ce petit sourire que j'adore, il a ajouté :

— Je savais que ce n'était pas vrai. Pour rien au monde tu ne descendrais de tes patins, même pour faire une blague. À part ça, moi, j'ai réfléchi et je voulais te proposer quelque chose.

Ça m'a un peu surprise d'entendre qu'il avait déjà un plan en tête, mais finalement, ce n'était pas tellement étonnant : il pense toujours à tout.

— Ah ? Tu as pensé à quoi ? Allez, raconte-moi ! lui ai-je demandé, impatiente.

— Bah, j'ai pensé que ça ne te ferait pas de mal d'avoir des patins neufs. Les tiens sont pas mal, mais si tu veux progresser, il te faut une paire de rollers professionnels. Ils seraient plus fiables et ça te permettrait d'essayer de nouvelles figures. Qu'est-ce que tu en penses ?

Il était tout excité rien que d'en parler, ça se voyait.

— J'adore ! ai-je tout de suite répondu. Moi, je voulais te dire que j'avais envie de passer l'été à patiner, mais cette idée est géniale aussi. Mais euh... où on va trouver l'argent pour acheter de nouveaux patins ?

Je commençais déjà à imaginer une façon d'y arriver.

Et ce qu'il a répondu ensuite m'a semblé la meilleure idée que j'aie entendue de toute ma vie.

— J'y ai déjà réfléchi. Ce qu'on peut faire, c'est travailler. Avec l'argent qu'on gagnera à nous deux, on aura assez pour t'acheter des patins neufs. Alors, t'es partante ? m'a-t-il demandé, confiant, parce qu'il savait que je serais d'accord.

Il n'avait pas encore fini sa phrase que je me suis tout de suite dit qu'il n'y avait rien de mieux que d'atteindre ses objectifs en s'amusant. Mais qu'est-ce qu'on pourrait faire comme travail ? Il fallait bien étudier la question. Mais j'étais sûre que ce serait génial. J'adore les défis ! Mais bon, il n'y avait pas que moi... Il ne restait plus qu'à savoir ce que voulait Simon.

— Et toi, Simon, qu'est-ce que tu veux ?

— Moi ? Ben, je ne sais pas. Ce que je veux, c'est qu'on passe un été génial et te voir sourire tout le temps. Moi, avec ça, je suis content. C'est ça que je veux, a-t-il répondu en me souriant tranquillement.

— Comment ça ? On ne va pas travailler seulement pour m'acheter des patins. Il doit bien y avoir quelque chose qui te fait envie, ai-je insisté. C'est adorable, vraiment, merci, mais le programme, il doit être cool pour nous deux, c'est ce qu'on s'était promis, lui ai-je rappelé en tâchant d'avoir l'air très sérieux. Donc, le plus juste, ce serait qu'on arrive à avoir quelque chose pour toi aussi.

— Luna, sérieusement, mon programme de l'été, c'est qu'on soit ensemble et qu'on profite. Tant que tu souris, je suis heureux. Donc, ce plan est bien pour nous deux, OK ? L'important, c'est de s'amuser. Maintenant, ce qu'il faut, surtout, c'est réfléchir à la façon d'obtenir un travail.

Je dois dire que penser à ce genre de choses ne m'était encore jamais arrivé. Mais j'étais sûre qu'on allait trouver très vite. On ne pouvait pas gâcher un seul jour de l'été ! Alors que je me triturais le cerveau pour trouver une solution, j'ai soudain eu une idée.

— Je sais ! ai-je lancé. Je vais demander à papa s'il ne connaît pas quelqu'un qui pourrait nous embaucher. Peut-être qu'il peut nous aider.

— Ah oui ! s'est exclamé Simon, enthousiaste. Peut-être qu'il y aura quelque chose dans l'une des maisons qu'il gère ou quelque chose comme ça. Je trouve que c'est une très bonne idée. Qu'est-ce qu'on fait ? Tu lui demandes ou tu veux qu'on y aille ensemble ?

— Non, je vais le faire. Je rentre tout de suite et je lui en parle, ai-je répondu.

D'ailleurs, il faut que j'y aille. J'ai promis de rentrer tôt pour aider ma mère à préparer le dîner. Tu veux venir ?

– Non merci ! C'est toujours difficile de refuser une invitation à savourer les délicieux plats de Monica, mais aujourd'hui, je ne peux pas.

On s'est dit au revoir en se serrant dans les bras l'un de l'autre et chacun a pris un chemin opposé. Le coucher de soleil qui m'accompagnait était magnifique, mais je ne pouvais pas m'attarder à le regarder. Il fallait que je rentre. Donc, j'ai cherché ma chanson préférée, j'ai mis mes écouteurs et... hop c'est parti ! J'ai patiné le plus vite possible et, en quelques minutes, j'étais à la maison.

3

Chez moi

Alors que j'approchais de la maison, j'ai remarqué qu'il se passait quelque chose d'inhabituel. Qu'est-ce que ça pouvait bien être ? Il y avait beaucoup d'agitation. Tous les employés qui travaillaient pour papa couraient dans tous les sens. Ah mais oui ! Ça me revenait ! Juste avant que je sorte, mon père m'avait demandé de rentrer tôt parce qu'il fallait tout préparer pour accueillir une famille qui passerait l'été à la maison.

J'adore le travail de mon père. Il est très intéressant parce qu'il nous permet de rencontrer des gens qui viennent de partout dans le monde. Là, on attendait la famille Vargas, qui arrivait de Colombie. Je n'ai jamais visité ce pays, mais je suis sûre qu'il est très beau.

Je me demandais comment ils étaient. Papa m'avait dit qu'il y aurait une jeune fille de mon âge. J'étais trop pressée de faire sa connaissance. Peut-être qu'on aurait des points communs. Ça allait être génial de pouvoir lui montrer tout ce qu'il y a à voir ici, à Cancún.

J'adore voir mes parents tout préparer pour recevoir de nouveaux locataires. Ils aiment faire des recherches sur leur pays d'origine, parce que ça leur permet de leur offrir tout ce qui peut leur faire plaisir, de découvrir leurs habitudes. Comme ça, les hôtes gardent un bon souvenir de leur voyage.

Ma mère apprend toujours quelques recettes du pays en question pour que les invités se sentent chez eux, au moins un tout petit peu. Moi aussi j'aime bien qu'elle apprenne à cuisiner de nouveaux plats, parce qu'on peut en profiter et que c'est toujours super bon. Enfin, je ne suis pas la seule à aimer ça... Quand maman teste une nouvelle recette, mon père traîne toujours près de la cuisine pour être le premier à goûter.

Quand papa m'a vue passer la porte, il est venu vers moi. Il était très occupé, ça se voyait, mais il trouve toujours du temps pour me parler. Il écoute tout ce que j'ai à raconter. Quand, parfois, je me dispute avec maman, papa est toujours là pour moi. Il me prend dans ses bras et il me soutient quoi qu'il arrive. Je sais que la seule chose qu'il veut, c'est que je sois heureuse.

Parfois, j'ai l'impression qu'on se ressemble beaucoup, lui et moi. C'est peut-être pour ça qu'il est moins strict que maman. Enfin, ils m'aiment tous les deux très fort et je sais qu'ils veulent le meilleur pour moi.

— Luna ! a-t-il crié de loin. Comment ça va, ma chérie ? Alors, comment s'est passé ton premier jour de vacances ? Attends, ne dis rien, laisse-moi deviner ce que tu as fait... Ah, je sais ! Tu es allée patiner !

Et j'ai couru vers lui en éclatant de rire.

— Eh non ! Je suis juste allée voir Simon, lui ai-je répondu.

Il m'a regardée en faisant la tête qu'il fait toujours quand il sait que je plaisante.

— Mais j'y suis allée en patinant bien sûr ! ai-je ajouté avec un rire complice.

— Bah ici, on a pratiquement terminé. Tout est prêt pour accueillir la famille qui arrive demain, m'a-t-il annoncé. Donc, raconte-moi ce que tu as fait cette après-midi.

— J'ai papoté avec Simon, on a mis au point notre programme pour l'été.

— Ah, c'est super ! Tu as raconté ça à maman ? m'a-t-il demandé. Monica ! Viens !

J'avais le cœur qui battait à cent à l'heure parce que j'étais certaine qu'ils aimeraient beaucoup notre idée.

— Miguel ! Qu'est-ce qui se passe ? s'est inquiétée maman en nous rejoignant comme un bolide dans le grand salon.

Elle nous a fait signe de la suivre dans la cuisine. Elle était certainement en train de finir ses préparatifs.

— Simon et moi, on a décidé de ce qu'on allait faire pendant nos vacances, ai-je expliqué. On a parlé du patin, de combien j'aime ça et tout ça. Donc, pour que je puisse progresser et faire des choses plus difficiles, on voudrait se débrouiller pour m'acheter de nouveaux patins.

Je croyais qu'ils seraient aussi enthousiastes que moi, mais cela ne s'est pas passé comme je l'avais espéré. Mes parents se sont regardés avec un grand sourire et m'ont demandé comment je pensais trouver l'argent pour les acheter. Je leur ai dit qu'on avait l'intention de travailler. Mon père m'a alors regardée dans les yeux et m'a dit :

— Luna, avant toute chose, je veux que tu saches qu'on est très fiers de toi. Tu sais que tu as notre soutien pour tout ce que tu entreprends. N'est-ce pas, Monica ?

— Évidemment ! Et ce que tu nous dis là montre que tu as grandi et que tu sais ce que tu veux.

Puis elle est devenue plus sérieuse.

— Mais pourquoi tu veux travailler ? a-t-elle continué. Tu ne préfères pas profiter de tes vacances ? Les vacances, c'est fait pour s'amuser, pour avoir des activités sympas. Et puis, nous on travaille pour que tu n'aies à te soucier de rien. N'est-ce pas, Miguel ?

— Oui, c'est vrai, a répondu papa. Luna, on a confiance en toi, mais… dis-moi quelque chose. Vous avez déjà pensé à ce que vous voulez faire ? Où vous voulez travailler ? Quelle est votre idée ? a-t-il demandé, l'air un peu anxieux.

En entendant papa me poser toutes ces questions, j'ai bien compris que mes parents étaient plutôt réticents, et je me suis dit que leur demander de l'aide n'était peut-être pas une bonne idée. Il valait mieux que Simon et moi, on ait confiance en nous et qu'on trouve du travail par nous-mêmes.

— En fait, on avait prévu de te demander si on pouvait t'aider dans une des maisons que tu gères, mais finalement, en y réfléchissant, je crois qu'il vaut mieux qu'on cherche ailleurs, ai-je répondu, gênée, parce que j'avais mille pensées qui me venaient en tête et que je ne voulais pas les laisser sortir.

Et maintenant, comment je vais annoncer ça à Simon ? Qu'est-ce qu'il va en penser ? Est-ce qu'il va être fâché contre moi ? J'espère que non ! Je ne sais pas pourquoi, mais je sens que c'est la meilleure solution pour nous. En plus, ça peut être très amusant. C'est un peu comme une aventure.

— Mais je peux vous aider, a tout de suite repris papa. Ce n'est pas une mauvaise idée. Tu sais bien que je peux vous donner un coup de main. Tu as vraiment envie de chercher ailleurs ? Ce ne serait pas très...

Et il a réfléchi à la façon de terminer sa phrase. Donc j'en ai profité pour laisser sortir ces pensées qui bouillonnaient dans ma tête. Je ne m'attendais pas à ce qu'ils réagissent comme ça. Je pensais qu'ils trouveraient notre idée géniale donc j'étais un peu déçue.

Comment leur expliquer ? Comment leur dire que je n'étais plus un bébé, qu'ils n'avaient plus besoin de s'occuper de tout à ma place et que, maintenant, je sentais que j'étais capable d'atteindre mes objectifs toute seule, comme une grande. Je sais qu'ils veulent que je sois heureuse, mais s'ils ne me laissaient pas faire ça, mes vacances n'allaient pas être bonnes du tout. J'ai donc décidé que le mieux, c'était de leur expliquer que voilà, j'avais grandi.

– C'est que... je ne suis plus une petite fille, comme vous le pensez encore, ai-je dit en les regardant dans les yeux de toutes mes forces pour qu'ils me croient. Je sais que vous faites tout ce que vous pouvez pour mon bien et, sincèrement, je ne pourrais pas me sentir mieux. Je peux patiner quand je veux, j'ai le meilleur ami du monde et, surtout, j'ai les meilleurs parents du monde mondial ! S'il vous plaît, laissez-moi essayer. Je sais que je peux y arriver, et puis je ne serai pas seule.

J'espérais très fort qu'ils comprendraient. Ils ont échangé un regard puis ils ont souri. Je suppose qu'au fond eux aussi savaient que c'était le moment pour moi de faire de nouvelles expériences. C'est pour ça que je les aime tant : je sais que, même s'ils ne sont pas d'accord, ils essaient toujours de me comprendre.

— Bon, c'est un argument qui me semble tout à fait valable, a répondu mon père. Tu as raison. Mais tu sais qu'on peut t'aider. Monica, tu as des questions ? Je crois que Luna vient de nous démontrer qu'elle est capable d'atteindre ses objectifs toute seule, a-t-il ajouté avec un sourire.

Maman l'a regardé avant de tourner les yeux vers moi. Elle s'est approchée de moi en souriant et m'a caressé doucement la joue.

— Ma fille, on savait que ce moment arriverait tôt ou tard. On savait que tu allais grandir, mais c'est difficile parfois, parce que tu vas beaucoup plus vite que nous ! a-t-elle dit tendrement, tout émue.

– C'est vrai, a confirmé mon père. Mais même si c'est difficile, tu sais que le plus important pour nous, c'est que tu sois heureuse. Donc, si travailler et trouver par toi-même un emploi te rend heureuse, fais-le. Pour moi, c'est d'accord. Monica, qu'est-ce que tu en dis ?

J'avais l'impression que mon cœur allait sortir de ma poitrine tellement il battait fort. J'étais très touchée, et en même temps un peu angoissée. J'attendais en fixant maman, super stressée. Qu'allait-elle dire ?

– Même si ni ton père ni moi n'en avons envie, personne ne peut t'empêcher de grandir ! Donc, vas-y, ma fille ! a-t-elle répondu en me prenant dans ses bras.

Je l'ai serrée très fort puis mon père nous a prises toutes les deux dans ses bras, et j'ai senti comme une nouvelle énergie me remplir de la tête aux pieds. Je n'aurais pas pu être plus heureuse. C'était la liberté ! Oui, c'est ça ! Je me sentais libre et super fière de moi.

— Je vous promets que vous ne serez pas déçus ! leur ai-je dit au milieu de ce grand câlin familial.

Ils m'ont serrée encore plus fort et j'ai réalisé que j'étais prête à entreprendre… mon aventure de l'été !

4

De nouvelles rencontres

J'adore faire de nouvelles rencontres, vraiment. Depuis que je suis toute petite, grâce au travail de mes parents, j'ai eu l'occasion de rencontrer des gens de partout, du Mexique, mais aussi de l'étranger. Et ça m'a toujours procuré beaucoup de joie car je peux entrapercevoir, au moins pour un tout petit moment, comment les gens vivent ailleurs. C'est comme se pencher par une petite fenêtre qui donne sur un autre pays, ses coutumes, sa cuisine et même sa façon de parler.

Les anecdotes les plus drôles me sont toujours arrivées avec les Latino-Américains, parce que, même si on parle la même langue, les mêmes mots n'ont parfois pas le même sens du tout ! Il est toujours amusant de découvrir tous les sens d'un mot, sauf quand on n'arrive pas absolument à se comprendre ! Mais il y a aussi tout ce qui est universel : un sourire, tout le monde peut le comprendre.

Aujourd'hui, j'ai fait la connaissance d'une fille d'un autre pays. Elle s'appelle Carolina. Elle est arrivée à la maison avec sa famille pour les vacances. Ce sont eux que mes parents attendaient. C'était très amusant de la rencontrer et je suis sûre qu'on va super bien s'entendre.

Après les avoir accueillis, mon papa m'a raconté pourquoi il avait pensé qu'il devait absolument nous présenter toutes les deux.

Voilà ce qui est arrivé. Le chauffeur est allé les chercher le matin très tôt à l'aéroport. Moi, j'étais en train de prendre mon petit déjeuner, de délicieux fruits frais, tout en réfléchissant à la façon d'annoncer à Simon qu'on devrait se débrouiller tout seuls pour trouver du travail. Soudain, je me suis aperçue qu'il faisait un temps superbe dehors. Donc j'ai pensé qu'une bonne sortie en patins serait parfaite pour me détendre et me réveiller. En plus, il n'y a pas de meilleure façon pour trouver l'inspiration. J'ai prévenu mes parents, et je suis sortie. Ils m'ont demandé de ne pas aller trop loin, au cas où ils aient besoin de moi. Et c'est exactement ce qui s'est passé.

Quand la famille Vargas est arrivée, mon père s'est rendu compte que Carolina se disputait avec ses parents. Ils lui disaient qu'ils étaient là pour se reposer et pour savourer des vacances relaxantes.

— Mais elle ne s'arrête jamais, cette petite ! a dit le père de Carolina au mien.

— C'est pas vrai, j'aime bien me reposer ! a immédiatement répondu Carolina. Mais j'aime aussi faire plein d'autres choses !

Et mon père, qui se trouvait au milieu de la dispute, a décidé de les aider.

— Je peux vous demander ce que vous aimeriez faire pendant vos vacances ? Ici, à Cancún, il y a des tas d'activités possibles. Je suis sûr que vous pourrez chacun en trouver une qui vous plaise, a-t-il expliqué.

— Moi, j'aimerais qu'elle reste tranquille à profiter de ses vacances, a répondu le père de Carolina, mais ça m'étonnerait qu'elle tienne en place plus de deux minutes.

Il s'est tourné vers sa fille et lui a demandé :

— S'il te plaît, dis à ce monsieur que c'est ce dont tu as envie.

Carolina, qui n'avait aucune intention de rester à ne rien faire, a dit :

— Je veux faire de la plongée, du ski nautique, du kitesurf, du surf, du snorkelling et plein de balades à vélo, a-t-elle répondu à la vitesse de l'éclair.

Les parents de Carolina ont donc demandé à mon père s'il connaissait quelqu'un de confiance qui pourrait faire tout ça avec leur fille. Et c'est là que j'interviens. Mon père m'a dit qu'il avait tout de suite pensé à moi en voyant toute cette énergie. Il était certain que je pourrais l'aider. Donc, il m'a envoyé un message et dès que je l'ai vu, je suis tout de suite revenue à la maison.

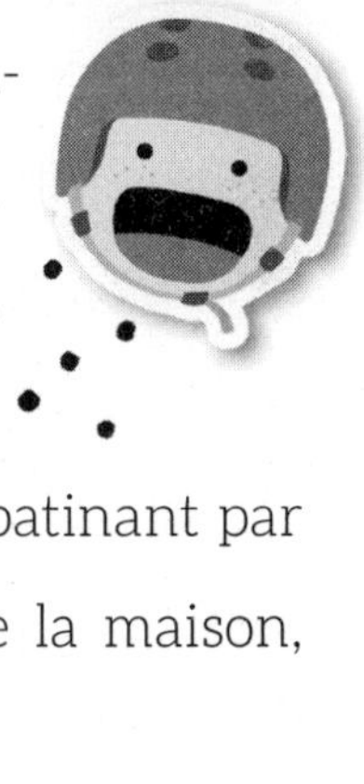

Lorsque je suis rentrée en patinant par les baies vitrées de l'arrière de la maison, mon père a su qu'il avait pris la bonne décision, car le visage de Carolina s'est illuminé.

Je n'ai même pas eu le temps de faire la connaissance de ses parents parce qu'elle s'est précipitée vers moi et m'a demandé si j'avais une paire de patins à lui prêter. Elle m'a dit qu'elle n'était pas la meilleure patineuse du monde mais qu'elle se débrouillait parce qu'elle en avait fait un peu quand elle était petite. Elle m'a demandé de lui apprendre à bien patiner et, après mille autres questions, elle s'est enfin présentée. Elle était morte de honte de ne pas avoir pensé à le faire au début. Elle était tellement contente en voyant les rollers à mes pieds qu'elle en a oublié tout le reste.

— Dès que je t'ai vue, j'ai pensé : « Changement de programme ! » Je m'appelle Carolina Vargas. Enchantée.

Puis elle a tendu la main pour me la serrer. Je l'ai saluée, ravie.

– Moi c'est Luna... Luna Valente, lui ai-je répondu. Ne t'en fais pas, et ce sera un plaisir pour moi de te faire visiter Cancún. C'est vraiment génial que tu aimes patiner ! Tu n'as pas idée de comme les couchers de soleil sont beaux ici ! C'est vraiment magnifique !

On s'est souri et on a convenu d'aller patiner ensemble après. Ça allait être vraiment sympa !

Quads

5

Ensemble vers le même objectif

Aujourd'hui, Simon va venir à la maison. Je ne l'ai pas vu depuis plusieurs jours parce que je les ai passés à patiner dans Cancún avec Carolina. C'était amusant de lui montrer mes endroits préférés. Et elle avait l'air très contente. Au début, elle avait un peu de mal à me suivre avec les patins, mais comme elle est très douée pour le sport, elle s'est vite améliorée et elle a même déjà appris quelques trucs. On s'entend très bien. En fait, j'ai été tellement occupée avec tout ça que je n'ai même pas prévenu Simon que j'avais changé les plans et qu'on n'allait pas travailler avec mon père. Donc je vais lui dire aujourd'hui. Je suis sûre qu'il va comprendre.

Dès que j'ai entendu maman parler avec Simon, je suis allée directement à la cuisine pour lui dire bonjour. Simon adore les petits plats de maman. Je le connais, il est entré en douce par la cuisine pour savoir ce qu'elle préparait. Il s'entend super bien avec mes parents. Maman fait même des plats exprès pour lui, parfois. Je sais qu'ils l'aiment beaucoup. Il a passé tellement de temps avec nous, depuis qu'on est tout petits, que mes parents le considèrent presque comme un membre de la famille.

— Monica ! Ça sent super bon, comme toujours ! s'est-il exclamé.

– Simon ! Quel plaisir de te voir ! Tu veux goûter ? lui a demandé ma mère.

Simon a souri et, en une seconde, il était devant la casserole, prêt à déguster.

– Évidemment ! Je ne raterais ça pour rien au monde ! Enfin, presque rien.

Maman lui a tendu la cuillère et Simon a savouré ça avec délice en faisant des « hmmm » enthousiastes.

– Oh là là ! Ce riz au poulpe et à l'encre de seiche est super succulent, a-t-il dit en exagérant avec une grosse voix. C'est validé, Chef Monica, vous pouvez le servir aux invités.

Maman a éclaté de rire. Simon arrive toujours à faire rire maman.

– Dis, Monica, tu n'aurais pas, caché quelque part un peu de… ?

– *Cochinita Pibil*, a anticipé ma mère avant qu'il ait fini sa phrase. Je sais que c'est ton plat préféré. La prochaine fois que tu viens nous voir, préviens-moi un peu à l'avance et je t'en préparerai avec plaisir. Le meilleur compliment pour un cuisinier, c'est que ses convives en redemandent.

– Oui ! Ça, c'est une bonne idée ! Je reviens quand tu veux, tu peux compter sur moi pour t'aider à goûter tout ce que tu prépares, lui a répondu Simon avec un petit sourire.

C'est là que papa est arrivé. On était tous dans la cuisine, à présent. Pour une raison étrange, c'est toujours le lieu de rassemblement chez nous. Je soupçonne maman d'être à l'origine de ce phénomène, parce que moi aussi j'adore passer par la cuisine pour voir ce qu'elle prépare. Dès que ma mère a le dos tourné, mon père en profite pour piquer un morceau et goûter. Maman fait semblant de se fâcher, mais en vérité ça ne la dérange pas. En fait, elle aime bien que papa le fasse. C'est comme un jeu entre eux, qui me fait beaucoup rire d'ailleurs, parce que ça a l'air de beaucoup les amuser. C'est pratique parce que, quand je veux leur parler, je sais où les trouver presque à coup sûr.

– Simon, comment ça va ? lui a demandé mon père en lui serrant la main.

– Très bien, et toi, Miguel ? a répondu Simon, en saluant papa avec effusion. On allait partir. Je vérifiais juste que tout était bien en ordre ici, a-t-il plaisanté.

– Ne t'en fais pas, tout est toujours en ordre dans le fief de mon Chef chéri, a dit papa en riant.

On a dit au revoir et on est sortis en patinant à toute vitesse. Il aurait été dommage de ne pas profiter de ce temps délicieux : il ne faisait pas trop chaud et il y avait un petit vent agréable. Donc on a décidé d'aller faire un tour près de la mer. Au menu aujourd'hui : balade en patins avec vue spectaculaire.

Tandis qu'on faisait notre tour, Simon m'a annoncé une nouvelle : il m'a dit qu'il était très content parce que Daniela, une amie argentine, allait lui rendre visite pendant les vacances. Quand il m'a dit ça, je l'ai regardé de travers. Je n'arrivais pas à croire qu'il soit si content de la voir. Il était content d'avoir de ces nouvelles, vraiment ? De cette Daniela qui l'avait fait tant souffrir ? J'ai dit que c'était une amie à lui, mais en réalité, elle a été un peu plus que ça.

Le pire, c'est que je ne l'ai jamais rencontrée en personne. Tout s'est passé l'été dernier, quand je suis partie en vacances avec mes parents. On a fait un voyage à Mexico. Je me souviens que, les premiers jours, pendant que je visitais, on n'arrêtait pas de s'envoyer des messages toute la journée, Simon et moi. On s'envoyait des photos toutes les cinq minutes et, le soir, on se racontait notre journée. Je me souviens lui avoir envoyé une photo d'une fois où on était allés manger des barbes à papa au bord du lac, dans la forêt de Chapultepec. Puis je lui en ai envoyé d'autres d'en haut, du château, avec une vue sur l'avenue Reforma et la ville immense au fond. Je lui parlais de tous les endroits que j'avais visités, je lui donnais des détails sur chaque chose que j'avais aimée ou qui lui aurait plu s'il avait été là, avec moi. Mais, tout à coup, j'ai reçu de moins en moins de messages. Après quelques jours, il m'a dit qu'il avait rencontré une fille argentine qui lui avait semblé super cool, en patinant sur la jetée. Moi, je l'ai cru, j'ai pensé qu'elle était cool, tout simplement. Mais en fait, je crois que les garçons disent ça d'une fille quand elle leur plaît. Ensuite, il ne m'a plus parlé que d'elle. Il m'a raconté qu'il lui a appris à patiner un peu, qu'il l'a emmenée à la plage et qu'ils sont allés se balader ensemble. Tout était devenu Daniela. Il avait l'air tellement content que ça me faisait plaisir de me l'imaginer aussi heureux.

Il ne restait que quelques jours de vacances avant qu'on rentre à Cancún quand, tout à coup, je n'ai plus du tout eu de nouvelles de lui. Je lui ai envoyé des messages, j'ai essayé de l'appeler, mais rien. Il a fini par réapparaître pour me dire que tout allait bien. Il m'a seulement dit que son amie était retournée en Argentine. Mais je n'ai pas eu d'autres nouvelles jusqu'à mon retour à la maison. Il a fini par me répondre et on s'est donné rendez-vous pour se voir. Je voulais lui offrir tous les petits cadeaux que j'avais achetés pour lui pendant mon voyage. Un par lieu que j'avais visité. Quand je l'ai vu, je n'en ai pas cru mes yeux. Il était super triste. Ce garçon n'était pas mon ami, ce n'était pas le même que j'avais laissé. Il a été dans cet état pendant quelque temps, puis il s'est remis peu à peu, jusqu'à redevenir le Simon que je connaissais. C'est pour ça que je suis étonnée qu'il soit si content de la revoir. Moi, je trouve ça carrément pas cool, et ma bonne humeur est un peu redescendue. J'ai très peur qu'il souffre à nouveau. Je ne veux pas qu'il se retrouve dans cet état encore une fois. Donc, j'ai décidé de lui poser la question directement.

– Et ça ne te fait pas peur de la revoir ? lui ai-je demandé alors qu'on patinait toujours.

– Ah là là, Luna ! T'es vraiment marrante des fois. Pourquoi j'aurais peur ? Au contraire, ça va me faire très plaisir de la voir, m'a-t-il répondu.

— Ben, parce que...

Et je n'ai pas su lui dire combien il est important pour moi qu'il aille bien. Dès que Simon a senti que je ne savais pas quoi ajouter, il m'a pris la main et m'a tirée pour qu'on s'arrête. On était sur un des ponts où la lagune et la mer se rejoignent. Sans me lâcher la main, il m'a demandé d'observer la mer.

— Regarde au-delà de ce que tes yeux peuvent voir, le plus loin que tu peux, m'a-t-il dit en fixant aussi l'horizon. Quand Daniela est partie, je venais ici très souvent. J'avais l'impression que, si j'arrivais à voir le plus loin possible, je comprendrais mieux pourquoi je me sentais si triste. C'est comme ça que je me suis rendu compte que j'avais des sentiments pour elle. Et j'ai aussi compris que le pouvoir d'être ensemble ne dépendait pas de nous. Elle vit dans un autre pays et moi je suis ici. J'ai aussi su que je ne la reverrais peut-être jamais... C'est pour ça que je suis content de savoir qu'elle va venir, parce que j'ai cru que cela n'arriverait pas. Tu comprends ? m'a-t-il demandé en tournant à nouveau les yeux vers la mer.

Je l'ai fixé et j'ai essayé d'aller le plus loin possible dans ses yeux, comme je l'avais fait en regardant la mer. Évidemment que je comprends. Enfin, j'aime penser que j'essaie de comprendre.

– Simon, moi, je veux seulement que tu sois bien. Tout ce que je veux, c'est que tu sois heureux et que... quand elle partira, tu le sois toujours. C'est tout, lui ai-je enfin avoué.

Ça m'a fait du bien de parler de tout ça avec lui. C'est mon meilleur ami au monde. Tout ce qui est important pour lui est important pour moi, tout comme ce qui peut lui faire du mal me fait du mal aussi. Et puis, comme on se dit tout, on sait tous les deux qu'il a dû faire beaucoup d'efforts pour se remettre de son chagrin.

– Je sais, m'a-t-il répondu. Et j'adore que tu t'inquiètes pour moi. Je m'inquiète tout autant pour toi. Mais je te demande de me faire confiance. D'accord ?

– Bien sûr. Je voulais juste que tu le saches, c'est tout. J'ai confiance en toi. Souviens-toi que je t'aime beaucoup, ai-je dit avant de le serrer aussi fort que j'ai pu. Bon, et maintenant, je suis sûre que je te bats à la course ! ai-je crié en partant à toute vitesse sur mes roulettes.

– Je vais te rattraper ! a-t-il répondu en fonçant vers moi.

Pendant qu'on patinait, je me suis souvenue que moi aussi j'avais quelque chose à lui dire. Je lui ai d'abord parlé de Carolina. Je lui ai dit que j'avais passé quelques jours avec elle et qu'elle est super cool.

– Et, vraiment, elle a beaucoup d'énergie ! Elle adore le sport, ai-je dit en continuant à patiner sans baisser le rythme.

– Je l'adore ! m'a-t-il crié alors qu'il essayait de me rattraper.

– Comment ça, tu l'adores ? Tu ne la connais même pas ! ai-je rétorqué.

Il en a profité pour me passer devant.

– Mais non, ce n'est pas ce que tu crois. J'adore que tu sois devenue amie avec elle en deux secondes. C'est ça que j'adore ! C'est tout toi, ça ! Tu trouves tout le monde génial ! s'est-il exclamé en m'attendant pour qu'on arrive ensemble au mirador.

Il y avait une vue à couper le souffle.

– OK. De toute façon, tu vas la rencontrer très vite. Je lui ai dit que j'allais te parler d'elle pour qu'on aille faire un tour tous les trois ensemble.

— Je serais ravi de la rencontrer et de patiner avec elle, a-t-il répondu.

— Au fait, j'ai autre chose à te dire, l'ai-je interrompu.

— Oui ? C'est à propos du travail ? T'en as parlé à ton papa ? J'allais lui poser la question quand je l'ai vu, mais comme il n'en a pas parlé, j'ai préféré attendre.

— Oui, je lui en ai parlé. Enfin j'ai parlé de tout ça avec mes parents, ai-je repris en patinant lentement autour de lui. Ça a été un peu difficile parce que, au début, ça ne leur a pas semblé une si bonne idée. J'ai réussi à les convaincre qu'ils devaient me laisser faire. Le plus facile était de travailler pour papa, il me l'a proposé d'ailleurs, mais... enfin, tu me connais, ai-je dit avant de m'arrêter pour le regarder dans les yeux.

En fait, j'ai pensé que ce serait mieux si on cherchait du travail nous-mêmes, sans l'aide de mon père. Simon, pardon de ne pas t'avoir consulté avant, on avait dit qu'on lui demanderait à lui et...

Et je n'ai pas pu continuer : Simon a éclaté de rire. Je n'ai pas bien compris pourquoi, d'ailleurs, parce que ça ne me paraissait pas être la situation la plus amusante du monde.

– Pourquoi tu rigoles ? Sérieux, ça te semble si drôle que ça ? lui ai-je demandé, un peu agacée.

– Mais non, rohh ! C'est toi qui me fais rire. C'est pour ça qu'on est amis, d'ailleurs. Je te soutiens et je te promets que je te comprends. Tu t'es rendu compte que tu devais montrer à tes parents que tu pouvais te débrouiller. Pas de problème ! Tu vas voir, on va trouver un super boulot et ça va être génial ! s'est-il exclamé en levant la main pour toper.

— Bon, si tu es d'accord, ça va, parce que maintenant... il faut qu'on trouve le meilleur des jobs d'été ! ai-je répondu en tapant dans sa main.

On s'est remis en route et on a passé le reste de l'après-midi à se balader. Une après-midi géniale qui restera un très bon souvenir.

6

Au travail !

Carolina et moi, on avait convenu d'aller faire une balade avec Simon ce matin-là, après avoir pris un délicieux petit-déjeuner, comme seule ma mère sait les faire.

On était toutes les deux très contentes. On avait l'impression de se connaître depuis toujours. Avant qu'on parte, elle est venue dans ma chambre en traînant une grosse valise pleine de vêtements.

– J'ai une idée ! s'est-elle écriée en entrant.

Elle a commencé à sortir ses vêtements, puis j'ai sorti les miens, et on a fait des essayages jusqu'à ce qu'on trouve la tenue qui nous plaisait le plus.

Elle a choisi un grand collier, des lunettes de soleil, un short à fleurs et une petite blouse très légère qui serait parfaite pour supporter la chaleur. Moi, j'ai pris un T-shirt à pois coloré et un short bariolé, parce que j'adore qu'il y ait le plus de couleurs possibles.

J'ai mis plein de petits bracelets et j'en ai donné aussi à Carolina. Elle les a beaucoup aimés. Ils sont typiques du Mexique. Ils sont tissés à la main et on peut aussi en faire faire un avec son prénom. Donc, avant de partir, je lui ai dit que j'avais un petit cadeau pour elle : je lui ai offert un bracelet avec son prénom. Ça lui a fait tellement plaisir qu'elle m'a serrée dans ses bras.

Après ça, Carolina a attrapé son téléphone, s'est approchée de moi et a fait un selfie de nous deux. *Clic !* On s'est bien amusées.

Juste au moment de sortir, je me suis rendu compte qu'il me manquait quelque chose. Je lui ai demandé de m'attendre une seconde et je suis vite retournée dans ma chambre. Quand je suis revenue, elle a voulu savoir ce que j'avais oublié, donc je lui ai montré mon pendentif.

— J'ai toujours ce pendentif sur moi, il ne me quitte pratiquement jamais. Il est très spécial pour moi. Je peux te confier quelque chose ? Mais tu ne rigoles pas, hein ?

Carolina a acquiescé.

— C'est parce que j'ai l'impression qu'il veille sur moi, ai-je avoué. Comme un porte-bonheur.

Elle n'a pas fait de commentaire. Elle m'a juste demandé de le lui montrer.

– Il est vraiment joli ! C'est une lune... Comme toi. Mais bon, ça, tu le savais déjà ! m'a-t-elle dit en riant et en me remettant la chaîne autour du cou. Il ne vaut mieux pas que tu l'enlèves, parce que tu y tiens beaucoup.

On a rigolé et on est enfin sorties pour faire notre balade. Simon m'a prévenue qu'il nous attendrait sur le quai.

Quand on est arrivées, Simon nous a fait de grands signes pour qu'on le rejoigne. Il était en train de discuter avec d'autres garçons qui ont l'habitude de se retrouver là pour patiner. On s'est bien amusés tous les trois ensemble. On a échangé des conseils et on a partagé un moment vraiment très sympa.

Carolina a adoré. Elle a tout de suite tenté de mettre en pratique les trucs que faisaient les autres patineurs. Les garçons qui viennent ici sont non seulement très bons en rollers, mais aussi très sympas. Et ils se transforment en vrais et très bons professeurs lorsqu'ils rencontrent quelqu'un qui ne sait pas en faire mais qui s'y intéresse vraiment. Évidemment, Carolina, qui est toujours pleine d'énergie, est une élève parfaite. Elle s'est intégrée au groupe en deux secondes et elle a pu s'éclater, comme nous tous.

Simon et moi, on observait tout ça et on était très contents pour elle. Imagine, tu pars en vacances dans un autre pays et tu as l'occasion de faire ce que tu aimes, entouré de garçons talentueux qui, en plus, te donnent un coup de main. On ne peut pas rêver mieux ! Simon et moi, on s'est tapé dans la main, satisfaits d'avoir pu faire plaisir à Carolina. Ensuite, Simon m'a demandé :

– Tu as eu le temps de chercher du travail ? Moi, j'ai réfléchi à des possibilités mais j'en ai trouvé aucune qui soit vraiment géniale, je dois dire.

On cherchait la meilleure option pour travailler depuis plusieurs jours, déjà, mais pour l'instant on n'avait pas eu de chance. Rien de ce qu'on avait trouvé n'avait vraiment retenu notre attention.

– Oui, j'ai continué, mais j'ai toujours rien, ai-je répondu. Tu crois qu'on va y arriver ?

– Je suis sûr que oui, il ne faut pas désespérer. On vient à peine de commencer et tu es déjà pessimiste ? Où est passée mon amie Luna, celle qui n'abandonne jamais ?

— Non, c'est pas ça. Je pensais juste que ce serait un peu plus facile. Mais non, je ne suis pas pessimiste du tout. Dans ma tête il n'y a *queeee* des pensées positives, voyons ! ai-je lancé en exagérant.

Simon a ri un peu.

— Dis, on continue avec la même idée, hein ? Que ce soit quelque chose qui nous plaise à tous les deux ? m'a-t-il demandé.

— Oui, oui ! Ça n'a aucun intérêt si on ne le fait pas ensemble et encore moins si ça ne nous plaît pas.

— Voilà ce que je voulais entendre ! Excellent ! s'est-il exclamé avant d'ajouter : Donc, qu'est-ce que tu dirais de commencer tout de suite ? J'ai vu une annonce en venant ici. Ça avait l'air intéressant.

— Alors allons-y ! Mais, et Carolina ?

Carolina s'est alors approchée et nous a dit qu'il n'y avait pas de problème, qu'elle comprenait très bien que décrocher ce travail était très important pour nous. Elle nous a demandé de ne pas nous inquiéter pour elle et que tout irait très bien. C'est vrai qu'elle était en train de se faire de nouveaux amis et elle avait envie de patiner encore un peu. Donc on s'est mis d'accord pour se retrouver plus tard à la maison et on lui a dit au revoir. Elle avait l'air vraiment heureuse.

Simon et moi on est partis en patinant tout en réfléchissant à ce que pourrait être notre job idéal. Simon m'a dit qu'il voulait relire une annonce qui disait rechercher un musicien. Il voulait voir s'il ne proposait pas un autre emploi pour moi. Bien sûr, j'étais d'accord pour aller voir.

Moi, je sais que c'est ce qu'il aime le plus au monde, la musique. Interpréter des chansons, en composer, écrire les paroles. En plus, il joue de la guitare super bien. Il a beaucoup de talent. Et je ne dis pas ça parce que c'est mon meilleur ami dans l'univers. Sérieusement, j'en suis convaincue et, d'ailleurs, je n'arrête pas de le lui répéter. Parfois, j'ai l'impression que je crois plus en lui que lui-même !

On a finalement décidé de mener nos recherches séparément mais en nous rappelant que ce travail devrait nous plaire à tous les deux. Donc Simon est parti de son côté et moi du mien. J'ai décidé d'aller patiner près des lieux que j'aime. J'ai pensé que s'il y avait un poste qui m'attendait dans les environs, ce serait, en plus, agréable d'y travailler.

Je me suis mise en route vers une des places qui se trouvent autour de la maison. C'est vraiment un très bel endroit. On voit la mer et on sent une brise douce. Mais quand j'ai tourné au coin d'une rue… *Paf !* Je me suis retrouvée par terre. J'avais percuté quelque chose... ou quelqu'un !

– Ça va ? m'a demandé une voix.

Lorsque j'ai levé les yeux, j'ai vu un garçon qui portait l'uniforme d'un restaurant.

– Ça va ? a-t-il insisté.

– Oui, ça va, merci. Et toi, ça va ? ai-je demandé.

– Oui, ne t'inquiète pas. Pardon, j'étais un peu pressé. Il faut que je retourne vite chercher une commande chez Fudger Wheels sinon la Générale va devenir hystérique.

– Fudger Wheels ? ai-je répété en lisant le nom sur sa chemise.

C'est là que j'ai remarqué un détail... C'était un signe, j'en étais sûre !

– Tu travailles en patins ? lui ai-je demandé avec enthousiasme.

Il m'a appris que Fudger Wheels est une chaîne de restaurant très célèbre qui a décidé d'expérimenter un service de livraison à domicile... en patins à roulettes ! *C'est le job idéal !* ai-je tout de suite pensé pendant qu'il m'expliquait tout ça. C'était vraiment parfait pour moi. Le livreur s'est excusé encore une fois, a ramassé ses affaires étalées par terre, puis est parti à toute vitesse.

— Attends ! Ne t'en va pas comme ça ! lui ai-je crié.

Je ne voulais surtout pas manquer une occasion pareille, donc je me suis lancée comme une flèche et j'ai patiné aussi vite que j'ai pu derrière lui pour essayer de le rattraper.

Après quelques mètres, il s'est rendu compte que j'étais derrière lui, mais il ne s'est pas arrêté. On allait tellement vite qu'on devait esquiver les gens qui se trouvaient sur notre chemin. J'ai continué à lui crier de m'attendre et que je voulais lui parler une minute. Il s'est enfin arrêté dans une pirouette.

– Qu'est-ce que tu veux ? Je me suis déjà excusé. Je dois vraiment y aller.

– Pourquoi tu vas si vite ?

– Je dois livrer d'autres commandes et, maintenant, je vais devoir expliquer pourquoi j'ai autant tardé. Entre notre collision et toi qui veux absolument me parler, je perds du temps.

– Laisse-moi t'aider. Qu'est-ce que je peux faire ? Je veux aller avec toi chez Fudger Wheels.

Il m'a dévisagée une seconde, comme s'il essayait de savoir si j'étais sérieuse ou pas.

– Si tu veux m'aider, tu peux venir et parler à la Générale. Tu pourras lui poser toutes les questions que tu veux et, en plus, tu pourras lui expliquer que c'est à cause de toi que je suis en retard, parce que tu voulais des renseignements sur le restaurant. Je vois que tu te débrouilles bien en patins, donc elle aura peut-être quelque chose pour toi, m'a-t-il répondu.

« Quelque chose », c'est pile poil ce dont j'avais besoin. Ça a été comme un mot magique pour moi. Je lui ai répondu « oui » et je l'ai suivi. Quand on est arrivés à destination, le garçon a dit qu'il fallait que je parle avec… la Générale ? Moi, j'allais parler à quelqu'un qu'on appelle « la Générale » ? Quelle aventure !

Je suis entrée dans le restaurant et j'ai vu que presque tous les garçons qui travaillaient utilisaient aussi des rollers. C'était vraiment marrant ! Le livreur que j'ai accompagné m'a demandé de l'attendre et est allé dans une pièce derrière le comptoir.

Une seconde plus tard, il est réapparu.

– Viens, je vais te présenter à la Générale, m'a-t-il murmuré à l'oreille.

– Euh, je l'appelle comme ça ? lui ai-je demandé en avançant doucement.

Il s'est retourné et m'a souri.

– Surtout pas ! On l'appelle comme ça entre nous, c'est tout. Elle s'appelle Soraya...

Je l'ai suivi dans un petit bureau où se trouvait une fille un peu plus âgée que nous. Elle était en train de lire quelque chose sur son écran d'ordinateur. Son bureau était presque au milieu de l'établissement, donc on pouvait voir une partie de la cuisine et une partie du comptoir. De là, elle pouvait surveiller tout ce qui se passait dans le restaurant.

— González ! a-t-elle immédiatement rugi presque sans lever les yeux. On peut savoir pourquoi vous avez mis tout ce temps pour revenir ?

— C'est parce que... a-t-il tenté d'expliquer.

— Ça ne m'intéresse pas ! Vous savez bien qu'à cause de ça vous allez perdre votre record des livraisons les plus rapides, lui a-t-elle lancé en lui montrant son téléphone où on pouvait voir un chronomètre.

— Je sais, lui a-t-il répondu. En fait, j'ai ramené quelqu'un qui voudrait vous parler.

— Entrez, m'a-t-elle ordonné. Comment vous appelez-vous ?

— Je m'appelle Luna... ai-je répondu en tendant la main. Luna Valente.

— Enchantée. En quoi puis-je vous aider ?

J'ai regardé González (comme l'avait appelé Soraya), qui m'a encouragée à parler d'un signe de tête.

– C'est-à-dire que... González... En fait, ce n'est pas sa faute s'il a tant tardé à revenir.

– Ah, oui ? m'a-t-elle demandé, intriguée. Donc, vous allez m'expliquer ce qui s'est passé ?

– Oui, en fait, on patinait tous les deux et on s'est rentrés dedans. Ensuite, j'ai vu qu'il portait des patins et j'ai voulu savoir où il travaillait, parce que je cherche un travail pour l'été... En fait, mon ami Simon et moi, on veut acheter des patins neufs. C'est pour ça que je voulais venir jusqu'ici pour vous voir. Pardon, je parle trop, non ?

Soraya m'a regardée avec les yeux écarquillés. González lui a lancé un regard incrédule, car il ne comprenait pas sa réaction.

— C'est parce que je voulais savoir s'il y avait une place pour moi, ai-je repris. Enfin, deux, parce que mon ami Simon aussi voudra travailler ici.

Enfin, Soraya est sortie de son espèce de transe. Elle m'a dévisagée avec l'air grave, puis a demandé à González de retourner travailler. Elle s'est levée et m'a demandé de la suivre.

— Valente, vous croyez qu'avoir renversé un de nos livreurs et l'avoir mis en retard est un antécédent qui vous permettra d'avoir le poste ?

— Pardon de vous dire ça, mais... oui. J'adore patiner et je connais très bien toutes les rues de la ville. Je sais que ce n'est sûrement pas la meilleure façon de commencer, mais c'est aussi pour ça que je suis venue : pour vous expliquer ce qui s'était passé.

Soraya m'a regardée, perplexe, tandis qu'on continuait à marcher. Je me suis alors rendu compte qu'elle m'avait ramenée à la porte du restaurant. J'ai cru que mes chances d'avoir un poste dans ce restaurant s'étaient évaporées.

– Très bien, Valente. Nous avons un poste qui pourrait être pour vous, a-t-elle dit, devant la porte de Fudger Wheels.

Je ne savais pas quoi penser. D'un côté, j'avais le cœur qui battait à cent à l'heure parce que c'était le boulot parfait pour moi mais, d'un autre côté, elle a dit qu'il n'y avait qu'une seule place.

– Mais on est deux. Mon ami Simon patine super bien aussi, ai-je insisté en espérant qu'elle comprenne qu'elle devait nous prendre tous les deux.

– Je suis désolée, mais pour le moment, il n'y a qu'une seule place. Si vous la voulez, revenez et faites vos preuves, a-t-elle répondu.

Je n'ai pas su quoi lui répondre. Je ne pouvais pas faire ça à Simon ! Qu'est-ce que je devais faire ?

7

Je n'aurais jamais pensé que c'était si difficile de travailler chez Fudger Wheels

Dès que j'ai retrouvé Simon, je lui ai raconté tout ce qui s'était passé. L'idée de travailler ensemble en patins nous plaisait énormément. On ne pouvait vraiment pas rêver mieux. Simon tournait et tournait autour de moi en réfléchissant à une façon d'être pris tous les deux. On faisait la liste des options possibles mais aucune n'était réalisable, jusqu'à ce que Simon ait une idée.

– Je sais ! a-t-il dit. Tu seras à l'essai, non ? Eh bien, la première chose à faire, c'est nous assurer qu'au moins un de nous deux soit définitivement embauché.

– Oui, tu as raison, on doit être certains qu'ils nous donnent le poste… Mais il y a quelque chose que je ne comprends pas… Comment on va faire ça tous les deux ? ai-je répondu.

Il a arrêté de tourner et s'est approché de moi.

– C'est là qu'intervient la magie, a répondu Simon. On va faire en sorte que tu sois la meilleure livreuse de Fudger Wheels. Il faut qu'on arrive à ce que personne ne puisse faire une livraison plus rapidement que toi. Et ça, on y arrivera si tu es à deux endroits à la fois.

J'ai ri nerveusement parce que, même si cela me semblait être une bonne idée, je ne voyais pas bien comment on pourrait faire pour que je sois à deux endroits en même temps… Mais tout à coup, j'ai compris ! Oui j'ai bien compris le plan qu'il avait en tête.

– Simon, je ne peux pas faire ça. C'est comme tendre un piège et je ne crois pas qu'on ait besoin de ça, ai-je répondu.

– Écoute, je te comprends et je respecte ton point de vue, c'est même pour des choses comme ça que je t'adore et que tu es mon amie. Mais cette fois, je crois qu'on doit faire quelque chose sinon… adieu notre projet. Donc faisons ça. Je me présente à l'essai. Je vais voir Soraya et je lui dis que je veux le poste. Qu'est-ce que tu en penses ?

Je faisais complètement confiance à Simon. Je savais qu'il n'entreprendrait rien qui pourrait nous causer des ennuis. Donc, même si j'avais très peur de faire ça et au risque qu'on passe tous les deux à côté de ce travail, j'ai fini par accepter. À partir de ce jour-là, on ne serait plus qu'un et, ensemble, on serait le meilleur livreur de l'histoire de Fudger Wheels.

Simon s'est présenté au restaurant et a parlé avec Soraya, qui a tout de suite accepté qu'il fasse une période d'essai. Elle lui a présenté tous les autres employés, lui a expliqué le fonctionnement de chaque section et de chaque procédure dans tout le restaurant.

Elle lui a dit qu'elle aimait que le travail soit fait avec précision. La rapidité était une des caractéristiques principales du restaurant mais, le plus important, c'était que chaque tâche soit accomplie avec la plus grande précision. Cela voulait dire être toujours attentifs et prêts à régler n'importe quel détail en relation avec le service aux clients.

— À la différence des autres restaurants, nous ne considérons pas nos clients seulement comme des gens qui viennent manger chez nous, a-t-elle expliqué. Pour nous, les clients, c'est le plus important dans notre organisation, on les considère comme faisant partie intégrante du restaurant et nous faisons tout ce qui est en notre pouvoir pour que leur passage chez nous soit inoubliable, a-t-elle conclu en levant l'index. Dans votre cas, Àlvarez, a continué Soraya, le contact que vous allez avoir avec le client sera au moment de lui remettre sa commande. Donc, faites très attention à avoir la bonne commande et veillez à la remettre correctement. Surtout, sachez que nous avons mis en place un concours de performance : l'idée est de faire les livraisons en un minimum de temps, et chaque fois qu'un livreur bat son propre record, il gagne des points. Vous comprenez ?

– Je résume pour être certain de bien comprendre : vous voulez dire que je vais être en compétition contre moi-même, c'est ça ? a demandé Simon.

– C'est ça, a-t-elle confirmé. Mais pas seulement. Chaque semaine, on fait une comparaison des meilleures moyennes de temps et les trois premiers récoltent des prix. Vous verrez, a dit Soraya, l'important, c'est de vous concentrer et de bien faire votre travail. Compris ?

– Compris ! Je vais vous montrer que vous n'aurez pas à regretter votre décision. Simon sera le meilleur et le plus rapide des livreurs qui aient jamais existé dans l'histoire de Fudger Wheels, a-t-il répondu avec effusion.

– Faites correctement votre travail, c'est tout ce que je vous demande, Àlvarez. Maintenant, allez avec González pour qu'il vous montre les limites de la zone de livraison et qu'il vous explique le manuel du service client. Excusez-moi, à présent, a-t-elle conclu avant de se diriger vers son bureau à pas courts et lents pour vérifier que tout le monde faisait bien son travail.

Wow ! Je comprends mieux pourquoi ils l'appellent « la Générale » ! Elle est vraiment exigeante. Je n'aurais jamais cru qu'on doive apprendre et faire tout ça. Et nous qui voulions juste patiner en travaillant ! Finalement, c'est beaucoup plus compliqué que ça. Mais ce n'est pas grave, j'adore les défis. À chaque fois que je dois en relever un, je suis pressée de commencer.

Quand Simon et moi avons fini de parler du système de répartition des livraisons, on s'est rendu compte que tout collait parfaitement avec ce qu'on avait prévu de faire. On a donc échafaudé un plan qu'on a mis en œuvre dès que Simon a dû faire ses premières livraisons. Chaque fois qu'il avait des commandes à déposer, j'en prenais une partie et chacun allait livrer son client.

Vite ! Vite ! Encore de commandes ! Et on filait à toute vitesse les apporter à destination.

En quelques jours, Simon était déjà un des meilleurs livreurs du Fudger Wheels. Il a récolté l'admiration de ses collègues et aussi celle de la Générale. Ses records de temps de livraison ont petit à petit dépassé ceux des autres livreurs. Maintenant, il ne restait plus qu'à faire savoir à Soraya qu'il s'agissait du résultat d'un travail à deux. Il fallait lui dire qu'on formait une équipe et qu'on voulait continuer à donner notre énergie pour le restaurant et les clients. Notre plan ne pouvait pas échouer !

On y a réfléchi pendant quelques jours. Jusqu'à ce que González suive Simon. Il nous a donc trouvés en train de nous répartir les commandes. Il est devenu très sérieux et nous a dit *qu'il se doutait bien qu'il y avait quelque chose derrière tout ça*. Il ne lui semblait pas normal que toutes ces commandes soient livrées aussi rapidement. C'était lui le plus rapide des livreurs du Fudger Wheels avant l'arrivée de Simon.

Il nous a demandé ce qu'on voulait obtenir avec ce subterfuge, parce qu'il ne voyait pas l'intérêt. Donc on a été sincères avec lui et on lui a raconté notre programme de l'été, c'est-à-dire qu'on voulait pouvoir m'acheter une paire de patins neufs.

Il a écouté attentivement notre histoire et a réfléchi un petit peu. Il ne s'est pas mis en colère, il a seulement dit qu'on ne devait pas essayer d'arnaquer les autres. Il a promis qu'il ne dirait rien à la Générale parce que, sinon, on perdrait la place. Et c'était vrai. Non seulement on n'aurait pas le second poste, mais on n'en aurait plus du tout ! Par contre, il nous a fait promettre de dire la vérité, car notre secret était un manque de respect vis-à-vis de tous nos collègues qui tentaient de se faire remarquer individuellement. On a donc accepté et on a promis d'aller voir la Générale l'après-midi même.

On était super stressés. On voulait vraiment continuer à faire ce travail, et on avait bien compris qu'on risquait de le perdre. Mais ce n'était qu'une autre partie du défi, de démontrer qu'on était capables de bien faire ce travail et que cela valait la peine de nous embaucher. Mon père me dit toujours que le plus important pour le personnel, c'est de montrer qu'ils savent mettre en valeur le lieu dans lequel ils se trouvent. Peu importe que leur travail consiste simplement à ouvrir une porte ou à bouger un meuble. Si on le fait mieux que tous les autres, c'est un atout énorme et ça suffit à faire la différence.

Après avoir livré une commande, Simon et moi avons croisé González juste devant le restaurant. Il nous a demandé de le suivre et on est entrés. On est allés jusqu'au bureau de Soraya et on a frappé à la porte. Elle était un peu surprise de nous voir.

— Qu'est-ce que ça veut dire ? On est en plein service... a-t-elle demandé en nous dévisageant.

— Soraya, ils ont quelque chose à te dire, a répondu González en nous faisant signe de la main pour qu'on entre dans le bureau.

— Parle, Àlvarez. Qu'est-ce que tu as à me dire ? Qu'est-ce qu'elle fait ici, la demoiselle ?

Si c'est une réunion de travail, elle n'a pas à être présente, a répondu Soraya.

Simon était nerveux, ça se voyait. Moi, j'avais les mains moites et la bouche toute sèche tellement j'étais angoissée. J'ai pris la main de Simon. Alors qu'il ouvrait la bouche pour parler, je l'ai devancé :

– Soraya, oui, nous avons quelque chose à vous dire et cela a un rapport avec le travail, ai-je dit en essayant d'avoir l'air le plus calme possible alors que j'étais super nerveuse.

– Ah, alors expliquez-vous, je suis tout ouïe, a-t-elle rétorqué, l'air sévère.

– C'est-à-dire que... ai-je balbutié.

Mais Simon m'a interrompue.

– En fait, ce qui se passe, c'est que, pendant tout ce temps, je n'ai pas travaillé tout seul. Tous ces records de livraison, je ne les ai pas obtenus seuls. On a travaillé en équipe, Luna et moi, a déclaré Simon.

Soraya nous a regardés, s'est levée et nous a demandé de l'accompagner. Moi, je connaissais déjà le chemin. J'ai supposé que c'était la dernière fois que je l'emprunterais. *Fudger Wheels, je crois que c'est le moment de te dire au revoir. Bip ! Bip !* Des messages ! Oh non ! Pas maintenant, s'il vous plaît ! Pourvu que ce ne soit pas quelque chose d'important. J'ai jeté un œil à mon portable et constaté que ce n'était pas le mien qui avait sonné. J'ai tourné la tête et j'ai vu Simon ranger son téléphone dans sa poche tout en continuant à marcher. *Bip ! Bip !*

La Générale nous a tous les trois conduits à travers le restaurant et s'est arrêtée à la porte.

– Vous savez ce que signifie ce que vous avez fait ? nous a-t-elle demandé avec une mine sévère.

– On le sait, a répondu Simon. Mais on peut tout expliquer, vraiment.

– Ça ne m'intéresse pas, a répondu Soraya. Ce qui m'intéresse, c'est que le travail soit fait et bien fait.

– Justement, ils le font très bien, Soraya, est intervenu González, à notre grande surprise. Cette fille patine super bien et lui n'est pas en reste. Vraiment, ils sont tous les deux très bons. On ne devrait pas les laisser partir.

– Vous ne croyez pas que vous devriez plutôt être le premier offensé par leur comportement ? a dit Soraya à González. Finalement, c'était vous le meilleur livreur de ce restaurant avant qu'ils arrivent, c'est vous qui aviez tous les points.

– Je sais. Mais vous nous avez appris à tous que le plus important, c'est le client. Eh bien, depuis qu'ils sont arrivés, on livre les commandes beaucoup plus vite, ce qui veut dire qu'on fait plus de voyages et donc les résultats sont meilleurs pour tous ceux qui travaillent ici. Vous vous rendez compte ?

Alors que González parlait, tous les autres livreurs s'étaient rassemblés autour de nous et les clients nous regardaient, surpris du spectacle. Soraya jetait des regards dans tous les sens, comme si elle n'arrivait pas à en croire ses oreilles.

– En plus, ils ont vraiment une bonne explication pour avoir agi comme ça, et ils ne feront plus de problèmes. N'est-ce pas ? a demandé González en se tournant vers nous. Il reste juste une petite chose à régler quand même...

González nous a fait signe pour qu'on parle à tous les autres livreurs du Fudger Wheels.

Simon et moi, on s'est pris par la main et on est allés s'excuser auprès de chacun d'eux. On leur a raconté notre plan de l'été et on leur a expliqué que notre intention n'était pas de les offenser et qu'on voulait juste faire partie de l'équipe de ce restaurant génial. Finalement, nos collègues ont commencé à demander à la Générale de nous garder et lui ont assuré qu'il n'y avait aucun problème pour eux.

Soraya nous regardait tous en essayant de trouver quoi répondre lorsqu'elle a remarqué que les clients s'y étaient mis aussi. Ils la fixaient, pendus à ses lèvres. Soudain, l'un d'eux a crié du fond de la salle :

— Laissez-les rester !

Il a été tout de suite suivi par d'autres clients qui nous apportaient leur soutien.

— Alors, Soraya, qu'est-ce que vous en dites ? Si les clients le demandent aussi... a dit Simon.

— On peut rester ? ai-je demandé.

Il y a eu une pause qui m'a semblé durer des siècles. Soraya a une nouvelle fois regardé tous ceux qui se trouvaient autour d'elle.

— Je sais reconnaître le talent quand je le vois, a-t-elle commencé, avec un très léger sourire. Ils n'avaient pas besoin de faire tout ça. Mais, par chance, ils ont gagné le respect de toute l'équipe et, ça, c'est très important. Et plus important encore, même les clients sont d'accord. Et moi, je ne suis personne pour nier tout cela, donc… bienvenue dans l'équipe du Fudger Wheels !

Toute la salle, livreurs et clients, a applaudi à tout rompre. J'avais du mal à y croire ! Elle avait dit oui ! Simon et moi, on s'est sautés dans les bras tellement on était contents. On a remercié González de ce qu'il avait fait pour nous. On avait un ami de plus et beaucoup d'autres à découvrir dans ce merveilleux endroit.

En fin d'après-midi, Simon et moi, on est sortis de Fudger Wheels très contents et avec l'espoir de réaliser nos objectifs. Sur le chemin de la maison, on a discuté de tout ce qui s'était passé. On n'arrivait toujours pas à y croire. On avait vraiment eu de la chance. *Bip ! Bip !* Encore des messages. Simon a attrapé son téléphone et a regardé l'écran. Je lui ai demandé si tout allait bien.

Il m'a répondu oui et que c'était son amie argentine qui lui avait envoyé des messages toute la journée. Elle lui disait qu'elle était super contente de le revoir. Simon souriait en me racontant ça, mais il y avait quelque chose d'étrange dans son expression. Je ne sais pas. Je le connais et j'ai senti que quelque chose clochait.

Je lui ai posé la question. Je lui ai dit que je le trouvais bizarre. Heureux, mais bizarre. Il est resté silencieux quelques secondes puis il a patiné plus lentement. Il m'a avoué que maintenant que la date de ses retrouvailles avec elle approchait, il était à la fois très pressé et ému mais aussi un peu angoissé. Il se souvenait de la tristesse qu'il avait ressentie quand elle était partie la dernière fois, et il essayait d'en tirer les leçons pour ne pas que cela se reproduise. Ils allaient se retrouver seulement pour quelques jours.

Je lui ai dit que je comprenais qu'il ait un peu peur et que je n'aimerais pas le revoir dans cet état mais qu'il avait tout mon soutien. Finalement, je lui ai dit que je serais là pour lui, quoi qu'il arrive. C'est à ça que servent les amis.

On a continué à patiner et on s'est dit au revoir. Ce jour-là, on avait commencé une nouvelle aventure dans notre vie. Désormais, tout allait être différent.

8

Des nouvelles

Quel bonheur ! Cet été était vraiment un des meilleurs de ma vie. En plus, j'ai découvert que j'aimais vraiment ce travail. Les collègues de Fudger Wheels sont vraiment géniaux et ont été très sympas avec Simon et moi. Ils nous ont aidés à chaque pas et, maintenant, on dirait qu'on travaille là depuis des années. C'est comme une grande famille.

Mais bon, comme dit maman : « Le sucré n'existe pas sans le salé »... Tout ne pouvait pas être rose. Ce jour-là, papa nous a appelées, maman et moi, pour discuter de la nouvelle qu'il venait d'apprendre et qui le préoccupait un peu.

Il m'a emmenée dans la cuisine, où maman préparait le menu du jour, et il nous a demandé de nous asseoir. Il a commencé par nous expliquer ce qui se passait : il avait reçu un mail disant qu'une des maisons qu'il administrait avait été vendue. Je n'ai pas très bien saisi s'il s'agissait d'une bonne ou d'une mauvaise nouvelle. Donc, en premier, j'ai écouté très attentivement pour essayer de comprendre ce que ça signifiait.

Il nous a expliqué que cette nouvelle n'était pas une surprise pour lui, car il était déjà au courant que plusieurs maisons étaient en vente. Ce qui l'a étonné, par contre, c'est que ce soit arrivé

si vite et que ce soit cette maison-là, précisément, qui soit vendue. Il s'agissait de celle où nous vivions, depuis sa construction. Ce n'est pas la seule maison que mon père gère, mais c'est la plus grande, donc la principale, et surtout *c'est la nôtre*.

Papa continuait à parler et je ne comprenais pas tout ce qu'il disait car je n'avais qu'une question en tête :

– Papa, ça veut dire qu'on ne va plus avoir de maison ?

– Mais non, voyons, ma chérie ! Ce n'est pas du tout ça, m'a-t-il répondu en passant un bras par-dessus mon épaule. Ça veut juste dire qu'on saura bientôt qui sont les nouveaux propriétaires de cette maison et on verra bien ce qui va se passer. Tu n'as pas à t'inquiéter, OK ?

Son câlin et sa façon de présenter tout ça ont réussi à me tranquilliser. C'était un sentiment très bizarre. Je ne savais pas ce qui allait arriver, mais si papa et maman étaient sereins, je me débrouillerais pour l'être aussi.

J'ai pensé que faire un tour me ferait le plus grand bien pour digérer tout ça et me calmer.

Quand je suis sortie, mes parents me regardaient à travers une fenêtre. Ils étaient enlacés et me faisaient signe de la main. J'ai levé la mienne pour leur répondre et je me suis dirigée vers la seule personne à qui je pouvais raconter ce qui se passait.

Quand j'ai retrouvé Simon, je l'ai tout de suite serré dans mes bras. Il m'a demandé si tout allait bien. Je lui ai répondu oui machinalement, mais en réalité, je n'en avais aucune idée.

Je lui ai tout raconté en essayant de me souvenir de chaque mot qu'avait prononcé mon père. Je lui ai dit qu'on ne savait pas ce qui allait se passer. Tout ça était très inattendu. Mais, surtout, je lui ai expliqué que j'avais une sensation étrange, même si mes parents m'avaient dit de ne pas m'inquiéter.

Alors que je lui parlais, je me suis rendu compte qu'il m'entendait, mais qu'il ne m'écoutait pas vraiment, ne m'accordait pas beaucoup d'attention. Il me regardait, disait « mmm », puis il tournait les yeux vers l'horizon. J'ai supposé que c'était parce que je parlais trop et très vite. Je lui ai demandé ce qu'il pensait de tout ça. Et là, j'ai compris que ce qui m'arrivait ne l'intéressait pas beaucoup.

— Je t'ennuie avec mes histoires ? Parce que sinon, j'ai un autre meilleur ami qui m'attend pour m'écouter et me parler, ai-je plaisanté pour le dérider un peu.

— Quoi ? Non, non, pas du tout. Pardon, je suis un peu distrait, je pensais à autre chose.

— Simon, ça va ? Je suis venue pour te raconter ce qui se passe à la maison, mais je crois que, toi aussi, tu es soucieux, ai-je poursuivi pour l'encourager à m'en parler.

— Non, rien. Tout va bien, a-t-il répondu.

Mais il avait toujours les yeux rivés sur l'horizon et il n'avait pas l'air d'avoir très envie de parler.

J'ai continué à dire ce que je ressentais. Il a dit qu'il n'avait rien, alors je l'ai cru. Mais tout à coup, il m'a interrompue :

— Tu te souviens de mon amie argentine, celle qui devait venir ? Bah, finalement, elle ne vient pas, a-t-il dit, l'air vraiment triste.

Il a baissé la tête et s'est passé la main dans les cheveux.

– Comment ça ? Pourquoi ? ai-je demandé. Elle ne devait pas arriver dans quelques jours ?

– Si. Je ne sais pas pourquoi. Mais elle ne viendra pas, a-t-il répondu les yeux à nouveau tournés vers l'horizon.

Il m'a dit qu'il était très triste depuis qu'il avait appris la nouvelle. Il pensait qu'il allait vraiment la revoir et il était impatient. Mais il a reconnu qu'il s'était peut-être un peu trop emballé et qu'il en payait les conséquences.

J'ai essayé de lui remonter le moral. Je l'ai écouté un long moment. Je crois que c'était la première fois que je l'entendais parler de quelque chose ou de quelqu'un aussi longtemps. Enfin, à part de la musique, car ça il pouvait en parler pendant des heures.

Mais c'est tout. Il m'a dit qu'il était sur le chemin de la plage pour remettre de l'ordre dans ses idées quand il a reçu mon message. Avant de partir, il avait essayé de composer une chanson pour parler de ce qu'il ressentait, mais visiblement, il n'avait pas réussi à la terminer.

Après un bon moment à parler de tout ça, il m'a dit qu'il se sentait un peu mieux. Et ça se voyait. Je l'ai remarqué parce qu'il avait recommencé à sourire... un peu. Sérieusement, je ne l'avais jamais vu dans cet état avant. Le pauvre. Je n'aime vraiment pas quand il est comme ça. Je ne veux pas qu'il repasse par là, jamais. C'est mon meilleur ami et, s'il souffre, je souffre aussi.

Ensuite, il s'est enfin rendu compte de l'importance de la nouvelle que je lui avais annoncée à propos de la maison. Il m'a dit de ne pas m'inquiéter, d'écouter mes parents, que eux sauraient quoi faire et que je n'avais aucune raison de ne pas avoir confiance en ce qu'ils me disaient. Et effectivement, présenté comme ça, je n'avais aucune raison de douter. J'ai donc enfin retrouvé mon calme.

Vraiment, il nous est arrivé beaucoup de choses durant cet été, mais tout ira bien, je crois.

9

Objectif atteint... ou presque

Aujourd'hui, j'avais une surprise pour Simon. Dernièrement, on en avait tous eu plusieurs. Mais justement, j'espérais que celle-ci serait vraiment très heureuse. Il était tellement triste ces derniers jours, que j'avais décidé de faire quelque chose pour le rendre un peu plus joyeux. Je ne savais pas si j'avais bien fait, mais bon, c'était fait et j'étais sûre qu'il allait adorer.

Je lui avais dit qu'après le travail on irait se promener. Je voulais l'inviter là où il avait vu l'annonce pour un emploi de musicien. C'était un lieu où on jouait de la musique en live et je voulais qu'il en profite.

On a terminé notre service chez Fudger Wheels et on est allés au lieu en question. C'était un petit restaurant qui avait une scène à l'extérieur. Les tables étaient disposées devant et on pouvait profiter de la musique des groupes qui jouaient là tout en mangeant. On est arrivés et on s'est installés à la table qui se trouve juste en face de la scène. On avait la meilleure vue possible.

Depuis qu'on était sortis du travail, il n'arrêtait pas de me demander pourquoi j'avais voulu aller là absolument. Je lui répondais que je voulais simplement qu'il profite de la musique. Ensuite, il a remarqué qu'on nous avait préparé une table pour plus de deux couverts. À sa grande surprise, plusieurs collègues de Fudger Wheels sont arrivés petit à petit et nous ont rejoints.

Simon n'arrivait pas à croire que j'avais organisé une sortie avec tout le monde. Et ce n'était pas fini : j'avais aussi invité nos amis des quais, ceux avec qui on patine. Ils sont tous arrivés sur roulettes, bien sûr, prêts à profiter de la soirée.

Mais ce n'était pas ça la surprise. Lorsque le show a été sur le point de débuter, le patron du restaurant est monté sur la scène et a demandé l'attention de l'assistance.

– Pour jouer, ce soir, nous avons besoin d'un musicien qui vienne nous interpréter ses chansons. Je vais donc demander à Simon de monter sur scène, a-t-il annoncé en regardant vers notre table.

J'observais Simon, qui avait l'air totalement paralysé. Ses yeux allaient de la scène à moi.

– Sérieusement ? m'a-t-il demandé. Luna, qu'est-ce qui se passe ? C'est quoi tout ça ? répétait-il.

– Bah, tu vois bien, c'est une scène qui a besoin d'un musicien. Et c'est toi, ce musicien. Allez, monte et chante ! lui ai-je ordonné.

Tous nos amis l'encourageaient mais lui ne savait ni quoi dire ni quoi faire.

– Mais comment tu veux que je chante, je n'ai même pas ma guitare ! s'est-il écrié pour que tout le monde l'entende.

Puis il s'est tourné vers moi et a dit :

– Si tu m'avais prévenu, je l'aurais apportée. Je crois que tu t'es un peu loupée, sur ce coup-là, mon amie.

– Je crois que non, *mon ami*. Tourne-toi, lui ai-je dit en montrant la scène.

Le patron du restaurant avait à la main une guitare bleue à rayures jaunes.

– C'est quoi ça ? m'a demandé Simon.

– Bah, c'est un cadeau, lui ai-je répondu.

– Comment ça, un cadeau ? a-t-il dit, très surpris.

– Bah un cadeau, c'est tout ! Je veux que tu joues toutes les chansons qui te rendent heureux. Je n'aime pas te voir triste. Donc, j'ai décidé de t'offrir quelque chose que tu aimes beaucoup, autant que j'aime patiner, lui ai-je répondu avec un grand sourire.

– Luna ! Tu es sérieuse ? C'est incroyable ! Merci beaucoup ! Là, oui, vraiment, tu m'as fait une sacrée surprise. Je n'arrive pas à y croire, s'est-il exclamé.

Tout le monde continuait à l'encourager. Enfin, il s'est décidé à monter sur scène. Alors qu'il chantait, il ne me quittait pas des yeux. Il avait l'air tellement content, tellement heureux... C'était comme ça que je voulais le voir.

Je crois qu'on a tous passé un super bon moment. Tous nos amis étaient très contents et ont soutenu Simon. Sincèrement, cette soirée a été vraiment magique.

À la fin de son petit concert, il est venu me voir et m'a serrée dans ses bras. C'était très émouvant, j'ai senti que c'était très sincère. Il m'a de nouveau remerciée :

– Luna, quand j'étais là-haut en train de chanter, j'ai découvert quelque chose. Tu veux savoir ce que c'est ?

– Oui ! C'est quoi ? Que tu adores la musique et que c'est la seule chose que tu veux faire dans ta vie ? Ça, je le savais déjà, ai-je répondu avec un grand sourire.

– Non, c'est autre chose, m'a-t-il répondu. Tu peux me dire d'où tu as sorti l'argent pour m'offrir cette guitare ?

m'a-t-il demandé avec un regard un peu sévère.

Je ne voulais pas le dire. Ça me faisait de la peine, parce que je savais que l'argent était prévu pour autre chose.

— Je sais que tu as utilisé l'argent que tu avais économisé pour tes patins, et ce n'est pas du tout ce qu'on avait prévu. Donc, je ne peux pas accepter cette guitare. On va la rendre, a-t-il dit.

— Quoi ? ai-je répondu ? *Ah, vraiment ?* C'est ça que tu me réponds tout le temps, toi. Bah oui : c'est bien cet argent-là que j'ai utilisé. Mais, s'il te plaît, je veux que tu me promettes quelque chose… que tu vas garder cette guitare, parce qu'elle est à toi et que tu la mérites. Et promets-moi aussi que tu vas t'en servir pour faire ce que tu aimes le plus au monde, c'est-à-dire composer et jouer des chansons.

— Je ne sais pas. C'est que... a-t-il tenté de répondre.

Mais je l'ai vite interrompu.

— Rien du tout, Simon, s'il te plaît, ai-je rétorqué. Tu as toujours été près de moi. Tu

me soutiens pour tout. Laisse-moi te faire un cadeau qui signifie l'importance que tu as pour moi. OK ?

Simon a réfléchi quelques secondes. Puis il a souri et a fini par accepter, heureux. Il m'a dit qu'il n'avait pas besoin de cadeaux pour continuer à être à mes côtés et me soutenir, parce que les amis c'est là pour ça.

— Mais bon, je n'oublie pas tes patins pour autant, hein, a-t-il fini par dire. Je vais travailler encore plus dur pour qu'on atteigne notre objectif.

Tout s'est finalement très bien passé. Je suis très contente qu'il ait aimé son cadeau et qu'on ait passé un moment si particulier. On est restés là encore un peu, jusqu'à ce que tous nos amis s'en aillent. Il ne restait plus que Simon et moi. Il m'a de nouveau remerciée pour tout. Avoir un ami comme lui vaut tout l'or du monde. Cette amitié dépasse tout le reste.

Quand je suis rentrée à la maison, j'étais de très bonne humeur et je fredonnais quelques-unes des chansons que Simon avait interprétées. Je crois que Carolina m'a entendue, parce qu'elle est venue dans ma chambre et m'a demandé pourquoi j'étais si heureuse. Je lui ai raconté toute la soirée. Elle n'arrêtait pas de me dire qu'elle admirait beaucoup l'amitié qu'il y avait entre Simon et moi.

Elle m'a aussi demandé si j'étais sûre de ne ressentir que de l'amitié pour lui. Elle a dit que ressentir *autre chose* n'aurait rien de bizarre. Je dois dire que ça m'a fait un peu rigoler. Il ne me viendrait jamais à l'idée d'envisager Simon autrement que comme mon meilleur ami. Je ne sais pas. C'est comme si la tendresse qu'on avait l'un pour l'autre était... spéciale.

Alors qu'on papotait de tout ça, maman est entrée pour me demander de l'aide. Carolina m'a souhaité bonne nuit et a dit à maman qu'elle avait une fille en or. Maman a été un peu surprise et a demandé pourquoi elle avait fait ce compliment.

Carolina m'a regardée une seconde puis a raconté rapidement à maman ce que j'avais fait pour Simon. Ensuite, elle nous a de nouveau souhaité une bonne nuit et elle nous a laissées seules. Maman me regardait avec la tête de celle qui n'en croit pas ses oreilles. Elle m'a demandé si c'était vrai. Je lui ai alors raconté la soirée en détail. Ça l'a rendue si fière !

– Tu sais quoi ? m'a-t-elle dit. Je crois que toi aussi tu mérites un cadeau. Ce que tu as fait pour Simon est l'un des plus beaux gestes de tendresse et d'amitié qu'on puisse faire.

– Je ne l'ai pas fait pour ça... enfin, pas pour avoir un cadeau. Vraiment, je l'ai juste fait pour Simon, ai-je répondu.

– Je le sais, ma chérie.

Elle s'est approchée de moi et m'a prise par les épaules.

– C'est précisément pour ça, a-t-elle poursuivi. Je vais parler à ton papa pour que tu aies ces nouveaux patins. Simon et toi vous êtes donnés beaucoup de mal pour atteindre le but que vous vous étiez fixé. Laissez-nous faire notre part, c'est pour ça aussi qu'on est tes parents. On est là pour te soutenir, parce que toi aussi tu dois être heureuse.

Puis elle m'a de nouveau serrée très fort dans ses bras tout en me disant qu'elle m'aimait de tout son cœur.

Waouh ! Cette journée ne pouvait pas se finir d'une façon plus incroyable. J'avais l'impression d'être la fille la plus chanceuse du monde mondial ! J'avais des parents géniaux, le meilleur ami qu'on puisse imaginer et j'avais le travail idéal. Et en plus, je vivais au paradis. Qu'est-ce que j'aurais pu demander de plus ?

10

Un vœu

Ce matin, c'était la fin des vacances pour la famille de Carolina, qui préparait son retour en Colombie. Je n'aime pas beaucoup les adieux alors je suis restée dans ma chambre un peu plus longtemps que d'habitude. Mais Carolina est venue me voir.

Elle m'a dit qu'elle avait envie de faire un dernier tour en patins avec moi avant de partir. Donc, pendant que tout le monde bouclait les valises, on est allées patiner vers les endroits qu'elle avait préférés.

On a vraiment passé un super bon moment. C'était une très bonne idée. Quand on est arrivées sur la jetée, on a discuté un peu. On s'est dit qu'on s'était vraiment bien amusées ensemble. On a échangé les photos qu'on avait prises avec nos téléphones. On avait vécu pas mal de choses toutes les deux, même si cela avait été en peu de temps. Alors on a décidé de rester en contact et on a passé un marché : on s'est promis de continuer à s'écrire. En plus, on s'est ajoutées à nos listes d'amis respectives et on a mis des « like » sur toutes les photos qu'on y avait postées.

Bip ! Un message de papa. Il fallait qu'on rentre à la maison, sinon on allait avoir des problèmes ! Quand on est arrivées, tout le monde nous attendait avec un peu d'impatience. Alors on a dû se dire au revoir...

Tous les employés de la maison étaient venus aussi. Maman leur a servi de l'eau fraîche et souhaité un bon voyage. Papa les a remerciés de leur visite, et le père de Carolina l'a félicité pour l'attention qu'il leur avait accordée pendant leur séjour. Son idée de me présenter à leur fille avait satisfait tout le monde. Après un dernier au revoir, le chauffeur les a conduits à l'aéroport. Ma nouvelle amie allait beaucoup me manquer !

Mes parents et moi sommes rentrés dans la maison. L'ambiance est très bizarre à chaque fois qu'une famille s'en va. Tout est soudain silencieux et il n'y a plus autant d'agitation. On s'est tous les trois assis un moment dans la cuisine sans rien dire.

– Comment seront les nouveaux propriétaires de la maison ? ai-je demandé au bout d'un moment, l'air de rien, juste pour discuter – mais en vérité, j'avais envie d'en savoir plus. J'espère qu'ils seront aussi cool que Carolina.

Papa et maman ont échangé un regard. On a parlé de tout ce qu'on avait déjà vécu dans cette maison. C'est là que j'ai appris à patiner, par exemple. On a aussi parlé de la vue incroyable qu'on a sur la mer. Puis on s'est souvenus de tous les gens qu'on a eu l'occasion de rencontrer au cours de leur séjour ici.

C'était étonnant de réaliser que cette maison représente de bons souvenirs pour tout le monde. Je savais que mes parents étaient sereins, mais ils m'ont quand même dit qu'eux aussi étaient impatients de connaître les nouveaux propriétaires.

Après ça, je suis allée faire mon service chez Fudger Wheels. Simon et moi avons discuté de notre travail. On est vraiment bien ici. On a décidé de continuer à travailler, même si on a déjà atteint nos objectifs.

Non seulement on s'éclate mais, en plus, on s'y est fait plusieurs amis. Ce sont des gens très sympas. Simon et González continuent à concourir pour le record de temps de livraison tous les jours. Parfois l'un prend l'avantage sur l'autre mais, le lendemain, l'autre repasse devant. Et je suppose que ça va continuer comme ça, parce que les deux sont vraiment de très bons patineurs. Simon m'a surprise avec une nouvelle. Il m'a dit qu'il avait adoré monter sur scène au restaurant, qu'il rêvait de recommencer et qu'il allait s'organiser pour tenir sa promesse de continuer à jouer souvent et, cette fois-ci, s'en occuper un peu plus sérieusement. Ce n'est pas que ce n'était pas sérieux avant, mais il veut y consacrer plus de temps, maintenant. Il a décidé de remettre ses études à plus tard et de se consacrer à la musique. Moi, je suis ravie qu'il ait autant envie de jouer. Il a vraiment beaucoup de talent. Je suis sûre que, s'il continue sur cette voie, il ira très loin.

Quelques jours plus tard, papa a rassemblé tout le personnel de la maison pour annoncer qu'il avait reçu des informations sur les nouveaux propriétaires. Il s'agit de gens qui viennent d'Argentine, visiblement ils sont très exigeants et ils ont informé mon père qu'ils viendraient passer quelques jours dans la maison prochainement.

Je crois que tous les employés sont un peu inquiets à cause du changement de propriétaire. Ils se demandent s'ils pourront conserver leur emploi. Papa a parlé à chacun d'eux et leur a assuré qu'il n'y a pas besoin de s'inquiéter, et qu'il fallait, au contraire, se mettre au travail afin que tout soit prêt pour recevoir les nouveaux propriétaires. Il leur a demandé de tout faire pour laisser une bonne impression et il les a encouragés à faire leur travail de la meilleure façon possible. Ils ont tous été rassurés. Je sais que papa sait leur donner confiance.

Après ça, je suis partie faire une promenade. Je n'avais pas envie de rester là, à tourner en rond. Je ne sais pas pourquoi, mais je n'arrêtais pas de penser à ces nouveaux propriétaires... Et il n'y a rien de mieux pour se vider la tête qu'aller faire une bonne balade en patins et s'asseoir pour regarder le coucher de soleil sur la mer.

Me voilà maintenant à mon endroit préféré pour profiter un peu de la vue magnifique. En regardant la mer bleue, je repense à tout ce qui s'est passé pendant l'été. Et il n'est pas encore terminé ! Tout a été vraiment génial ! J'ai fait de nouvelles rencontres. Mon meilleur ami et moi sommes très contents, on a un super travail et, en plus, on s'est beaucoup rapprochés grâce à tous ces moments qu'on a partagés. Il y a vraiment une tendresse immense entre nous !

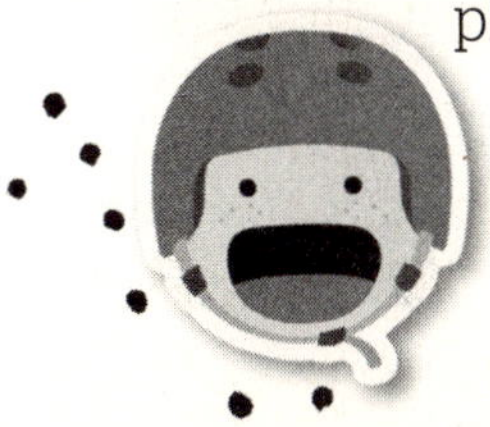

Sans aucun doute, j'ai toutes les raisons du monde d'être reconnaissante pour tout ce qui m'arrive. Sérieusement, je ne pourrais pas être plus comblée. J'adore vivre ici, j'adore ma famille, j'adore mes amis et j'adore patiner !

La seule chose qui m'inquiète un peu, c'est que la rentrée scolaire approche et que je ne sais pas si je vais pouvoir continuer à travailler. Je pense que oui. Si je m'organise bien, je pense pouvoir faire les deux.

Oh, pourvu que je n'aie jamais à choisir entre patiner et autre chose ! Je n'imagine pas une vie où je n'aurais pas mes rollers avec moi. Si ça ne tenait qu'à moi, je dormirais avec, comme ça je serais prête dès le matin pour une nouvelle aventure. Je sais que ce n'est pas possible, mais ça m'amuse d'en rêver.

Je me sens mieux maintenant. Je repense à la maison. Dans quelques jours, on fera la connaissance des nouveaux propriétaires. Je suis sûre que ce seront des gens cool et que tout va très bien se passer.

Ces jours ont été vraiment amusants. J'ai appris tellement de choses ! Tandis que je regarde ce coucher de soleil, en sentant la brise sur mon visage, je me dis que je devrais faire un vœu. Et la seule chose que je peux souhaiter est que ce merveilleux été ne se termine jamais !

[redacted]

[redacted]

[redacted]

[redacted]

[redacted]

[redacted]

[redacted]

[redacted]

[redacted]

[redacted]

[redacted]

[redacted]

[redacted]

[redacted]

[redacted]

[redacted]

[redacted]

[redacted]

[redacted]

« Pour l'éditeur, le principe est d'utiliser des papiers composés de fibres naturelles, renouvelables, recyclables et fabriquées à partir de bois issus de forêts qui adoptent un système d'aménagement durable. En outre, l'éditeur attend de ses fournisseurs de papier qu'ils s'inscrivent dans une démarche de certification environnementale reconnue. »

PAPIER À BASE DE FIBRES CERTIFIÉES

hachette s'engage pour l'environnement en réduisant l'empreinte carbone de ses livres. Celle de cet exemplaire est de :
450 g éq. CO_2
Rendez-vous sur www.hachette-durable.fr

Composition PCA

Achevé d'imprimer en Espagne par Rodesa
Dépôt légal 1re publication : mai 2016
66.5506.0/01 - ISBN : 978-2-01-220563-5
Édition 01 : mai 2016

Loi n° 49-956 du 16 juillet 1949
sur les publications destinées à la jeunesse.